Max

Avec la collaboration
de Renaud de Saint Mars

Collection dirigée par Dominique de Saint Mars

Imprimé en CEE
ISBN : 978-2-88445-495-7

Ainsi va la vie

Max adore jouer

Dominique de Saint Mars

Serge Bloch

CHRISTIAN GALLIMARD

Si ce n'est pas moi
qui tue ce fauve,
c'est lui qui me dévore !

Mais qu'est-ce qui se passe, mon pauvre Pluche ? Encore Max... Max !
Oh, tu n'es pas drôle ! Je l'approchais sans qu'il ne me voie. Tu m'empêches toujours de jouer !

Pauvre Pluche, tu le martyrises... Regarde comme il a peur !
Bon, Lili, tu ne veux pas faire le tigre ? Allez, sois sympa !

Mais non, Lili, ce n'est pas le singe que je chasse, c'est le tigre ! Fais un effort !
Oh, tu m'embêtes ! Tu n'as qu'à le faire toi-même ! Moi, je ne suis pas un tigre !

D'accord... Mais à quoi on joue alors, au vaisseau spatial ?
Et comme d'habitude, tu me poursuivras et tu voudras me tuer ! Non merci !

Mais
où vas-tu ?
Personne ne veut jouer avec
moi ! Je vais chez mes
copains.

JE M'EN VAIS POUR TOUJOURS...
... VIVRE MA VIE !
Mais non, c'est pour rire !
Tu ne peux pas être
sérieux une seconde !

Mais le jeu, c'est sérieux.
Et je compte sérieusement sur toi
ce soir pour la partie
de dames !

J'allais justement chez toi !
On pourrait jouer avec tes nouvelles
Max-Machines.
Oh, non,
on va plutôt chez toi,
c'est mieux, et puis tes parents
sont super sympas.

Attention, je vais atterrir sur ma nouvelle planète...
Et moi, je te dépasse... et je la prends pour moi !

Et moi, j'ai la fusée la plus puissante, je vous chasse et je m'installe sur la planète...

Et nous, on attaque avec nos superlasers. On fait alliance, hein, Jérôme... !
Sus à l'ennemi !

Et moi je vous conseille de revenir sur terre parce qu'il commence à être tard.
Et Max, il faut que tu rentres chez toi... en courant !

J'ai une meilleure idée.
Je peux téléphoner ?

Allô, maman ? Je suis chez Jérôme.
J'ai très mal aux pieds ! Oui, tu sais où c'est,
tu m'as déjà accompagné.

Parce que, autrement, ce sont les parents
de Jérôme qui vont me raccompagner...
Ils sont tellement sympas !

Ah, maman ! Mes pieds, c'était une blague !

Là, Max, tu dépasses les bornes ! La vie n'est qu'un jeu pour toi !
C'est vrai qu'il exagère ! Si j'avais su ! Mais il est tellement gentil et amusant ! Et on vous connaît enfin, grâce à lui !

Vous allez bien rester
une minute !

Alors, tu montes ? C'est moi
qui conduis, aujourd'hui... !
Arrête !
Allez, pousse-toi !
Heureusement que
tu m'as
fait rencontrer
de nouveaux amis
très sympathiques !

Pardon pour tout à l'heure ! Maintenant, la partie de dames que tu m'as promise !

Bien joué ! Tu vas me battre rapidement !
Non, non, je vais faire durer... C'est trop amusant de jouer avec toi !

Tiens, je t'en prends un !
Ah, non !
On n'a pas le droit
d'aller en arrière !
DDRIINNG !!!

C'est Aline, pour toi !
Ne parle pas une heure,
je t'en supplie !

Tu ne dois pas m'embêter quand je téléphone !
Euh... et d'ailleurs, je n'ai plus le temps de jouer, il faut que je m'occupe du dîner.

Parce que ton téléphone est plus important que notre jeu... c'est ça !

C'est ça, et la partie que je gagnais, tintin ! Ce qui m'amuse, ça ne compte pas ! Jouer ensemble, ça ne sert à rien ! Du temps perdu !

Il faudrait qu'il comprenne qu'on n'a pas toujours le temps de jouer avec lui !

Z Z Z Z... ! TAC TAC TAC... ! Papa, il faut que tu tombes, je t'ai désintégré avec mon pistolet bionique !
Ça y est, c'est moi que tu viens embêter ! Tu ne vois pas que je suis en train de faire la cuisine ?

Vraiment, vous n'êtes pas drôles.
Vous ne voulez jamais jouer !
Je ne serai jamais comme vous...
aussi triste !
Écoute, Max, on n'est pas des enfants ! Moi, d'ailleurs, je ne jouais pas souvent avec mes parents...

Moi, j'aimerais bien, mais...

Je me demande si on n'a pas été un peu durs avec ce pauvre Max ! Si on allait le rechercher ?
Oui, il est mignon tout de même !

Mais je croyais que tu devais finir ton travail !

C'est ça, on n'a même plus le temps de jouer ! On devrait avoir toute la soirée, tellement on travaille à l'école !
En plus, une heure de jeu, ça passe trop vite, pas comme une heure de classe.
C'est vrai, à la récré, la cloche sonne toujours trop tôt. On n'a jamais fini de jouer !

ON EST DES ENFANTS-MARTYRS !

Allez, on dîne !
Halte !

N'approchez pas de ma forteresse de glace cyber-puissance ou je vous transforme en purée !

Mon Dieu !
Ah,
les hommes !
Toujours le jeu
et la guerre !
Euh, écoute,
Max, laisse-nous
approcher...
Ta forteresse
est formidable
mais... ce n'est
pas le moment.

Ce n'est jamais le moment !
Et on peut bien s'amuser
deux minutes !

Si tu pouvais travailler avec
le même acharnement !

Jouer, ça fait travailler les
méninges.
D'ailleurs, j'ai super bien réussi
mon contrôle.
Les maths, maintenant,
c'est comme un jeu !
Tu parles,
Charles !

Oh, pardon, je n'ai pas fait exprès !
Quel gâchis ! Tu es vraiment exaspérant ! Va dans ta chambre, je ne veux plus te voir !

Pauvre Max, tu as été dur, quand même, papa !
Oui, Paul, ce ne sont que des verres cassés. Il ne fait pas de très grosses bêtises !

Vous devriez aller le voir. On ne l'entend plus.

Max ? Tu dors ?

Max ? Qu'est-ce qui se passe ?
Vous voulez toujours vivre tristement, je ne comprends pas pourquoi !

Mais...
Ce n'est pas drôle d'être obligé de jouer tout seul, tout le temps !

Et moi alors ?
Toi, Lili, dès que tu as une amie, je n'existe plus. Ou alors tu m'obliges à jouer aux poupées !

Bon, il faut qu'on aille ranger !
Non, restez là ! On est bien ! HUGH... si on fumait le calumet de la paix, mes frères !
Même si on est ennuyeux ?

Je n'ai pas dit ça mais... moi, jouer, c'est ce que j'aime le plus au monde, c'est comme être dans une piscine de paradis !
Et nous alors ?

Mais avec vous, bien sûr !

Enfin, ça dépend des jours !

Hé Jérôme ! J'ai préparé le nouveau code secret pour la récré.
On va donner de fausses informations à l'autre bande.

On va avoir les notes de maths... ce que j'aimerais avoir une bonne note !

... et enfin, Max, 14, bravo Max !
Bon, restez tranquilles, je vais faire des photocopies !

Regardez-moi, je suis le meilleur !

Attention,
la directrice !
Mais...
tu te crois où, Max ?
Descends tout de suite,
et tu me feras
une heure de colle.

Ben, c'était juste pour
s'amuser un peu !
Comme j'ai eu la
meilleure note !

À LA MAISON...
Madame Colbert lui a mis une heure de colle !
Mais j'ai eu un 14 en maths ! Et le prof de gym m'a félicité !
Évidemment, avec lui, on apprend en jouant !

Tu viens, Lili ?
Vous allez jouer ?

C'est vrai qu'ils ont un don pour le jeu, à cet âge ! Pour s'inventer un autre monde ! Et quelle énergie !
On dirait que tu les envies... ?

Ne bouge pas Pluche !
Pompon, viens ici !
Ha ! Ha ! Ha ! Ha ! Ha !

Je vais quand même voir ce qu'ils font !

Mais vous les faites souffrir, ces pauvres bêtes...
Non, papa, je t'assure qu'ils s'amusent autant que nous.

HI HI HI !
HA HA HA !

Bravo, papa, on le tient notre numéro de cirque !
Finalement, il est aussi très joueur !

Et toi,

T'es-tu déjà senti comme Max ?

Préfères-tu les jeux de société ? De plein air ? D'imagination ? Te déguiser ? Faire des blagues ?

Peux-tu imaginer la vie sans jouer ? Pour te faire des amis, oublier tes soucis ? Faire des bêtises ou tricher ?

As-tu assez de temps pour jouer ? Joues-tu tout seul ou avec des amis ? Trouve-t-on que tu joues trop ?

Aimes-tu jouer avec tes parents ? Pour être heureux avec eux, les voir rire ? Être à égalité ? Pouvoir les battre ?

Trouves-tu qu'ils sont restés joueurs ? ou sont-ils trop sérieux ? occupés ? fatigués ? Joues-tu avec tes grands-parents ?

Au jeu, peux-tu te concentrer, faire des efforts et apprendre des règles ? Est-ce pareil avec le travail ?

Tu n'aimes pas ça ? Ou tu n'aimes pas jouer seul ?
Tu t'ennuies ? Quel jeu détestes-tu le plus ?

Tu préfères regarder la télé ? Discuter ? Lire ? Réfléchir ?
Travailler ? Dessiner ? Tu aimes être sérieux ?

Tu as trop d'activités et tu n'as plus le temps de rêver ou d'inventer des jeux ? Tes parents ne jouent pas avec toi ?

Tu n'as pas d'idées ? Ou on te reproche souvent de trop jouer et tu deviens sérieux pour faire plaisir à tes parents ?

À la récré, ça t'arrive de n'avoir personne avec qui jouer ? Ou d'être rejeté d'un jeu parce que tu n'es pas bon ?

Tu détestes perdre ? Tu as envie de tricher ? Tu t'énerves tout de suite ? Ça t'agace que les autres trichent ?

Après avoir réfléchi
à ces questions
sur le jeu,
tu peux en parler
avec tes parents ou tes amis.